AF368299

ISBN : 978-2-9574225-3-1
Céline Berthon-Chabassier
28 rue Antoine Bellet
63100 Clermont-Ferrand
Imprimé par Amazon KDP
Prix public : 8,45 €
Dépôt Légal avril 2021

Design couverture : 2li

Vert-Soleil

Vert-Soleil

SEALEHA

« *Rien de plus relatif, pour le biologiste, que la notion de monstrueux. Tous les vivants sont monstres les uns aux autres. L'homme est monstre à comparaison du primate ancestral. L'amibe est monstre par rapport à la matière, laquelle est monstre elle-même au regard du néant.* »

Jean Rostand, *Pensées d'un biologiste.*

PARTIE 1

Chasseurs

Raphaël regardait le paysage défiler par la vitre de la voiture, sans y prêter vraiment attention. Voilà plus d'une heure qu'ils roulaient ; pourtant ni lui ni son frère n'avaient desserré les dents.

Depuis qu'ils travaillaient pour Orcus, les occasions de voir des victimes ne manquaient pas. Lacérées, décapitées, vidées de leur sang, voire possédées, des cadavres et des moribonds. Déglutissant, il se souvint de leur dernière enquête qui les avait emmenés sur le territoire d'une Shtriga où ils avaient découvert les corps de ces enfants. Leur essence vitale dévorée par le monstre, ils gisaient, rongés par la maladie, au seuil de la mort. L'image de leurs orbites creuses lui revint en mémoire ; leur peau trop blême, leur frêle cage thoracique qui ne se soulevait que péniblement… Il réprima un frisson.

Toutefois, ce spectacle l'avait moins remué que celui qu'offrait Maxime, son collègue, quelques heures plus tôt.

Quand un administratif d'Orcus les avait contactés pour leur ordonner de prendre sa relève, il avait eu du mal à le croire. Maxime représentait quasiment une légende dans la société. Les récits de ses exploits s'avéraient si grandioses que parfois, il se demandait si on ne les exagérait pas. Alors quoi, même lui avait fini par tomber ?

Il passa une main nerveuse dans ses cheveux bruns. Était-ce pour cette raison qu'il se sentait si déstabilisé ? Si un mec aussi talentueux que Maxime se laissait piéger, quelle chance leur restait-il ?

Raphaël avait appris à l'accepter : le passage de vie à trépas pouvait les surprendre à tout moment pendant ce genre de mission. Mais le sort subi par Maxime s'avérait... Dérangeant.

Il revoyait sa silhouette avachie sur le lit d'hôpital. Les médecins se montraient formels : après plusieurs tests, son collègue ne présentait aucune séquelle. Et pourtant, Raphaël peinait à le reconnaître. Maxime se balançait de manière erratique, de la bave coulait sur son menton mal rasé, il puait la sueur et l'urine. Quelle diablerie pouvait bien le mettre dans cet état ? En reviendrait-il ?

Le plus insupportable restait son regard, fixe. Pour tenter de communiquer avec lui, Raphaël avait tenté de se placer dans son champ de vision ; aucune réaction de Maxime. Pas un cillement, pas un frémissement, rien. Et ces prunelles vides de toute vie... Brrr, bien pire que la mort, en fait. Il avait quoi... Trente-cinq ans ? Un légume. Voilà le résultat, fin de l'histoire.

Quelle créature pouvait bien mettre ses proies dans cet état ? Que s'apprêtaient-ils à affronter ?

Il soupira à cette pensée et se tourna vers son frère. Celui-ci rivait ses yeux sur la route, les mains crispées sur le volant, la mâchoire raide. Bon sang, ils en avaient vu d'autres, ils ne devaient pas se laisser abattre pour si peu !

— Ça va aller. On va y arriver. On est deux.

Cyril ne répondit pas.

— On a pris tout le matos pour parer à toute éventualité, continua-t-il en désignant le coffre de la voiture.

Toujours aucune réponse. Mince, son frère douillait plus que lui. Il faut dire qu'il le connaissait bien, le Maxime. Ils avaient déjà travaillé ensemble plusieurs fois. Ça lie deux hommes, quand on compte l'un sur l'autre pour assurer ses arrières. Lui l'avait simplement croisé lors d'une formation, ce n'était pas pareil.

Le menton de Cyril tremblait légèrement. Le connaissant, il devait lutter pour ne pas verser sa petite larme.

Avec toutes les horreurs déjà affrontées, ils se considéraient pourtant comme des vétérans. Le temps où tout ce merdier pouvait les toucher ? Révolu. Ils se revendiquaient professionnels, bon sang ! Des guerriers, défenseurs secrets de l'humanité !

La mission. Il fallait se concentrer dessus et arrêter de penser à ces sombres perspectives. Il se racla la gorge.

— Les mythes et légendes du coin ne sont pas très éclairants. Attends, je te dis ce que j'ai trouvé...

Il se pencha en avant et ouvrit sa vieille besace en toile dont la couleur kaki se fanait avec le temps et fouilla dedans. D'un geste nerveux, il en extirpa un calepin aux feuilles froissées, dont il tourna fébrilement les pages.

— Ah, voilà. Alors il y a une histoire, « la loge à François ». Elle parle d'un homme qui tuait tous les voyageurs passant par chez lui à la fin du dix-neuvième siècle... L'auberge n'existe plus. En revanche, pas loin on trouve une ancienne maison forestière appelée la maison du loup. Elle est réputée hantée. Des ombres mouvantes, des cris terrifiants, des disparitions, tout le tremblement. Le nom de la bicoque recèle peut-être une part de vérité. « Maison du loup »... Des garous, probablement, qu'est-ce que tu en penses ?

— J'en pense que tu parles trop. C'était mieux quand tu te taisais.

Raphaël contempla son frère. Au moins, sortait-il du mutisme dans lequel l'avait plongé la rencontre avec Maxime... Ou ce qu'il en restait. Il consulta une fois de plus son carnet de notes, recouvert de pattes de mouches que lui-même peinait à relire.

— Cela dit tu as raison, je ne vois pas des garous provoquer ce genre d'état... Sinon il y a aussi une « roche du diable », qui tiendrait son nom d'une marque en son centre, de la forme d'un sabot. Que des anecdotes très communes, on en trouve partout des trucs comme ça...

— Quand tu combles le silence, c'est encore plus gênant, Raph. Pas la peine de partir dans de grandes envolées pour souligner l'évidence. On ne sait rien. On n'a pas la plus petite idée de quelle créature pourrait se comporter de cette manière et infliger ce genre de dégât. On ignore sur quoi on va tomber. D'habitude, on a au moins des théories, là, aucune.

Ignorant la remarque de Cyril, Raphaël se replongea dans son carnet, en quête de nouvelles idées.

— Un vampire ? Un ancien est parfaitement capable de jouer comme ça avec les esprits des hommes...

— Sans le boire ? Dans quel but un vampire ferait ça ? Sans l'achever et faire disparaître le corps, se doutant pertinemment que ça nous mènerait jusqu'à lui ? Ça ne tient pas debout. On ignore ce que c'est. Ça te stresse, parce que tu as peur de subir le même sort que Maxime. Moi ça m'énerve de t'entendre stresser. Je n'ai pas peur. Je vais trouver cette bestiole, et la crever pour de bon !

Son menton trembla un peu plus fort. Raphaël décida de se taire jusqu'à leur arrivée, qui ne devait plus tarder.

Pas peur ? Foutaise. Tu crois vraiment me berner ? Ta colère en témoigne ! Fais pas le malin, t'es pas plus rassuré que moi en vérité !

Tout l'intérêt d'Orcus résidait dans leur documentation, exhaustive, sur l'ensemble des monstres découverts par la société. Au fil des siècles, leur bibliothèque de données s'était considérablement enrichie. Ils enregistraient et étudiaient chaque créature surnaturelle rencontrée, cherchant les moyens de mettre un terme à leur existence avant qu'elle ne puisse attenter à celle des humains.

Après tout ce temps, ils pensaient avoir fait le tour des principales menaces. Parfois, ils découvraient quelques variations nouvelles, des démons déviants, des évolutions de fomorii ou des changelings particuliers ; cependant, jamais rien de totalement inconnu. Les agents qui partaient en mission détenaient en main toutes les informations utiles et tout le matériel nécessaire à leur élimination. Certes, affronter ces engeances maléfiques ne restait pas sans danger, certains périssaient encore occasionnellement, mais au moins ils ne se trouvaient pas démunis.

Cette fois-ci, tout semblait différent. Ce qu'était devenu Maxime s'avérait dérangeant, car inconnu. Habituellement, lorsqu'une créature s'attaquait au psychisme ou à l'esprit des humains, on pouvait toujours en repérer les traces au scanner. Cela leur permettait d'identifier le coupable. Or, là, ce que montraient les images demeurait incompréhensible, pour les médecins comme pour les spécialistes d'Orcus. Voilà le plus effrayant.

Raphaël fourra son calepin dans sa besace et consulta l'horloge de la voiture : les diodes rouges, au milieu de ce tableau de bord qui comportait autant de boutons qu'un foutu avion de chasse, indiquaient dix-neuf heures. Il fallait vraiment qu'ils arrivent à destination ; le manque de nicotine le taquinait un peu trop.

Il se concentra sur le paysage qui défilait. La route, sinueuse, s'assombrissait à mesure qu'elle s'enfonçait entre les arbres, hachant la lumière sur le noir de l'asphalte. La végétation devenait étouffante.

Ils entraient à présent dans la forêt de Tronçais. La plus grande chênaie d'Europe, proclamaient les brochures. Mouais... C'était surtout l'un des terrains de jeu favoris des monstres dits « sauvages ». Car nul doute que la bête qu'ils allaient affronter appartenait à cette catégorie. Ils savaient au moins cela, puisqu'elle sévissait ici et non en ville.

Enfin... Depuis quand une de ces créatures s'attaque-t-elle aux esprits ? D'habitude, on retrouve plutôt ce genre de fourberie chez les urbaines...

Il secoua à nouveau la tête.

Quinze minutes plus tard, ils arrivèrent à destination. Cyril gara leur utilitaire sur un renfoncement étroit au bord de la route.

Raphaël sortit du véhicule et se dégourdit les jambes. Il n'aimait pas rester assis trop longtemps. Pourtant, il allait devoir prendre son mal en patience. Ils ne pouvaient pas partir au hasard, la fleur au fusil : d'abord, il fallait repérer les lieux.

Fouillant dans les poches intérieures de sa veste de chasse élimée posée en chiffon sur le siège, il en extirpa un paquet de Camel cabossé. Il préleva une cigarette qu'il lissa pour lui redonner sa forme originelle, l'alluma avec son Zippo et aspira une première bouffée. Un léger étourdissement le détendit.

Il se dirigea vers l'arrière du fourgon et entrebâilla les deux portières, la clope entre les lèvres. Les insectes lui tournaient déjà autour ; il les chassa. Fichu printemps, ils allaient encore se faire dévorer !

Il réprima un nouveau frisson. Mauvais choix de mot. Lui qui d'habitude ne rechignait pas à partir à l'aventure, débarrasser le monde de ces ignobles monstres, voilà qu'il frissonnait. Pourquoi diable Orcus les avait-il choisis, eux, et pas d'autres ? Bon sang, ce qu'il pouvait détester l'inconnu !

Cyril le rejoignit, saisit un carton et entreprit de l'ouvrir. Raphaël attrapa le sac informatique, s'assit sur le bord du coffre, sortit l'ordinateur portable et l'alluma. Trêve d'hésitation, leur boulot les attendait. Ils devaient se dépêcher s'ils voulaient y voir quelque chose. L'heure tardive annonçait déjà la nuit.

Son frère mettait en marche le drone. Raphaël captait à présent l'image renvoyée par la caméra de l'engin. Parfait. Cyril vint s'installer à ses côtés et, manette à la main, le fit décoller.

— Direction nord-ouest, d'après les coordonnées GPS de… La victime.

Sans dire un mot, Cyril l'orienta dans la direction indiquée. Sur l'écran, Raphaël suivait sa trajectoire.

Des arbres, et encore des arbres, un feuillage touffu et dense. Impossible de repérer quoi que ce soit dans ces conditions. Il activa le mode thermique, en priant pour que la créature ait le sang chaud.

Immédiatement, une fenêtre apparut à droite de la première, montrant les images de la caméra thermique. Raphaël put discerner quelques petits animaux et un couple de promeneurs sur un sentier, heureusement loin de l'emplacement dangereux.

Bien mieux.

— Un peu plus à l'ouest.

Orcus avait pu reconstituer le trajet de Maxime, à partir des données envoyées par son téléphone. Celui-ci avait, pendant cinq jours, réalisé des excursions dans la forêt, s'aventurant chaque fois dans un chemin différent à partir de l'endroit où l'on avait découvert les précédentes victimes ; sans rien trouver, selon les rapports. Au sixième jour, il avait exploré une nouvelle direction, quittant complètement les sentiers ; ce jour-là, il n'avait pas envoyé de compte-rendu. Les données le montraient décrivant un long circuit et s'arrêtant enfin à la lisière de la forêt, de l'autre côté, plus de vingt kilomètres plus loin. Trente-six heures plus tard, on le retrouvait, déambulant, et l'emmenait à l'hôpital. Son téléphone, probablement tombé pendant ses errements, émettait toujours un signal depuis l'orée du bois.

S'ils voulaient trouver le monstre, leur meilleure opportunité consistait à faire suivre au drone le chemin emprunté par Maxime. Évidemment, les chances pour que celui-ci reste sur place comme un crétin s'avéraient minces ; pourtant, qui sait ? Peut-être le hasard leur sourirait-il. Fouiller les environs demeurait leur seule piste, Maxime n'étant pas vraiment disposé à témoigner...

Raphaël grimaça à cette pensée. Il écrasa sa cigarette, fumée jusqu'au filtre, contre le rebord de la voiture, puis jeta le mégot dans une canette de bière vide. Sur son ordinateur, il suivait la progression du drone. Son frère se penchait sur son épaule pour calquer sa trajectoire sur celle envoyée par le téléphone.

Sur la partie gauche de l'écran, les cimes des arbres défilaient. Du vert et encore du vert, des formes cotonneuses, comme un dos de mouton martien. Parfois, une trouée au milieu de la végétation laissait entrevoir le sol brun d'un sentier. Sur la partie droite, des silhouettes animales rougeoyantes slalomaient entre les buissons. Aucune d'entre elles ne paraissait suspecte.

Au bout d'une heure de ce petit jeu de « où est Charlie », Raphaël perdait sa concentration. Ce n'était pas de cette façon qu'ils allaient pouvoir le trouver. Ils croyaient quoi, les gars d'Orcus ? Que la vilaine bestiole attendrait bien gentiment sur place pour qu'on la retrouve plus facilement ? N'importe quoi ! La lumière déclinait déjà. Si on lui avait demandé son avis, il serait directement allé sur le terrain, pister sa proie.

Du moins, habituellement. Là, il ne savait plus trop...

Il donna une grande claque sur son biceps pour écraser un moustique et mit une nouvelle cigarette entre ses dents, prêt à l'allumer.

Soudain, il agrippa le bras de son frère, qui manqua d'échapper la manette.

— Quoi ?

— Retourne un peu sur la droite ? Là, lentement... J'ai cru voir quelque chose.

Cyril s'exécuta.

— Oh la vache ! C'est quoi ça ?

Le détecteur thermique affichait une masse informe, en dégradé de rouge, orange et jaune. Définitivement pas une silhouette humaine.

— Assez imposant… Moins qu'un garou sous sa quatrième forme, je pense, non ?

— C'est surtout qu'on ne distingue rien… Pas de bras ou de jambe, rien qui ressemble à quoi que ce soit de connu.

— C'est chaud, ça ne peut pas être un spectre ni un vampire.

— De toute façon ça n'en a pas l'aspect.

Cyril grimaça.

— Qu'est-ce qu'on connaît qui pourrait prendre l'apparence d'un gros tas mal défini comme ça ? On dirait un blob…

— Un élémentaire ?

— Non, regarde, c'est vivant. Ce n'est pas un esprit. Le centre est plus chaud que les extrémités, ce qui indique un flux sanguin.

Raphaël se pencha vers l'écran.

— Sur la caméra normale… Ce ne serait pas une construction qu'on aperçoit entre les arbres, là ?

Cyril s'inclina à son tour.

— Peut-être bien, si ! Difficile à voir à cette distance et avec la nuit qui tombe. Cela dit, je ne prendrais pas le risque de descendre plus bas. Ça alerterait la créature, et puis le drone pourrait y passer entre les branchages.

Raphaël se redressa, fébrile.

— Bon, j'enregistre l'image. Reviens. On sait où on va, demain.

— Demain ?

— Ben oui. Tu ne comptes quand même pas y aller maintenant ?

— Vu qu'on l'a repéré, ce serait con de ne pas y aller…

Raphaël le dévisagea, sidéré.

Il le fait exprès ou quoi ? Il pense vraiment se jeter dans la gueule du loup alors que le manque de luminosité nous handicape ?

Ce manque de jugeote ne lui ressemblait pas.

—Comme tu le soulignes, la nuit tombe, et on ignore à quoi on a affaire ! Orcus nous préconisait de leur envoyer les images, avant. Peut-être qu'ils pourront trouver ce que c'est, histoire qu'on ne s'y rende pas seulement pour servir de buffet !

Cyril le regarda d'un air méprisant. Raphaël se renfrogna. Oui, d'accord, en temps normal, il se montrait rarement enclin à se reposer sur ces administratifs et à suivre leur fichu protocole... Cependant, cette affaire ne pouvait pas vraiment se voir qualifiée de « normale ». En l'absence de tout indice et devant l'étendue des dégâts subis par Maxime, mieux valait se montrer plus prudents. Et surtout... Avait-il noté la masse de cette chose ? Se retrouver en tête à tête avec elle ne l'enthousiasmait pas tellement.

—Écoute, reprit-il, les coordonnées se révèlent exactement les mêmes que celles du téléphone de Maxime. Je ne pense pas que ce truc bouge beaucoup. Du reste, s'y rendre en pleine nuit relève du suicide, tant qu'on n'en sait pas plus.

—Pffff OK, mais si on l'a perdu demain ce sera ta faute.

Malgré son apparente frustration, Cyril capitulait assez vite. Cela confirmait bien ce qu'il devinait. Son frère n'était pas plus rassuré que lui. Il cherchait juste à camoufler sa peur derrière une bravade sans queue ni tête.

—C'est une affaire sensible. On rapporte d'abord, on y va après, ajouta-t-il pour leur donner bonne conscience.

Alliant le geste à la parole, Raphaël alluma enfin sa cigarette, ouvrit la messagerie cryptée et écrivit un mail à l'attention des administratifs de la boîte, avec la photo thermique prise par le drone en pièce jointe. Avec un peu de chance, celle-ci leur permettrait finalement de trouver de quel monstre il s'agissait. Il cliqua sur « envoyer » et ferma l'ordinateur avant de le ranger dans sa housse.

Les dernières lueurs du soleil disparaissaient derrière les troncs, dressant de longues silhouettes sombres autour d'eux. Peu à peu, l'obscurité s'emparait de la forêt et le ciel allumait ses bougies. Bientôt, les chants des grillons succédèrent à ceux des oiseaux, parfois entrecoupés par quelques hululements et autres craquements provoqués par la faune locale.

Les deux chasseurs décidèrent de rester sur place, pour se montrer opérationnels dès l'aube ; en espérant qu'entre temps, Orcus leur fournisse des informations supplémentaires.

Raphaël déballait leur festin de la glacière – des sandwiches au jambon, un paquet de chips et des bières – tout en observant son frère. L'un comme l'autre n'avait jamais été du genre bavard. Toutefois, cette soirée s'avérait encore plus silencieuse que d'habitude. Seuls le grouillement de la forêt et les quelques voitures qui empruntaient cette route se faisaient entendre.

Tandis qu'il mâchonnait sans grande conviction un bout de pain ramolli, Raphaël se demandait ce qui les attendait le lendemain. L'angoisse lui coupait l'appétit.

Vers vingt-trois heures, l'atmosphère se chargea d'humidité. Quelques éclairs déchirèrent la nuit, de plus en plus nombreux, jouant les stroboscopes. Le ciel se mit à gronder et rugir comme un animal en colère, et les premières gouttes d'eau s'écrasèrent au sol, soulevant une odeur lourde d'humus. Le vent se leva et siffla entre les branches. Raphaël crut reconnaître la voix de Maxime qui l'appelait ; il tressaillit. Cyril sembla se figer un instant, lui aussi. Non, sans doute était-ce le bruit de l'orage qui leur jouait des tours, n'est-ce pas ? Un long frisson remonta le long de sa colonne vertébrale. Raphaël resserra son manteau autour de lui.

Bientôt, l'averse printanière tira un rideau sur les silhouettes noires et biscornues des arbres qui se devinaient au travers de la lumière projetée par la lampe tempête. Les deux frères se réfugièrent à l'arrière du fourgon ; l'impression que quelque chose les observait au travers de la nuit ne voulait pas les quitter. Ils gonflèrent le matelas et s'installèrent dessus pour la nuit.

Le sommeil se laissa désirer. Ce n'était pas tellement le martèlement de la pluie sur le toit en tôle, ni le claquement de la foudre, ni les couinements du matelas gonflable parfaitement inconfortable ou les ronflements de son frère, encore moins ces fichus moustiques qui avaient décidé de s'enfermer avec eux dans l'habitacle. Raphaël n'avait pas l'esprit tranquille. Et il s'en voulait. Comment un guerrier averti comme lui pouvait-il si facilement se sentir menacé ?

À la longue, toutefois, ses paupières finirent par se fermer et il s'endormit.

Le lendemain, le ciel était sec. Quand il ouvrit un œil, son frère buvait déjà du café tiède dans le thermos, devant la voiture grande ouverte. Plus possible de reculer ; il était temps d'y aller.

« À la guerre comme à la guerre », comme disait son père – qui n'en avait pourtant pas connu, de guerre.

Il fouilla dans sa besace, en extirpa un nouveau paquet de Camel et alluma sa première cigarette du matin ; celle qu'il appréciait le plus, car elle lui faisait un peu tourner les sens. L'odeur âcre se répandit à l'intérieur de l'utilitaire. Son frère lui lança un regard noir ; il sortit du véhicule.

— J'imagine qu'on n'a pas d'autre information d'Orcus ?

Cyril secoua la tête.

— Ils nous préconisent, au vu de la masse, de choisir des armes lourdes, pour être sûrs, vu qu'on ne connaît pas sa puissance.

— Pfff crétins. C'est pas eux qui vont les porter sur quasiment huit kilomètres.

— Je me disais qu'on pourrait prendre les fusils d'assaut, plus légers. Les HK 416.

Il hocha la tête.

— Évidemment, des balles en argent, on ne sait jamais. Ou de sel. Ou des bénies. Ou les trois. Avec, pour compléter, un petit lance-grenade de 40 mm.

Cyril cracha par terre.

— Mais ils veulent qu'on photographie la bestiole avant. Pour leurs archives. Et si on peut, qu'on fasse des prélèvements.

— Ben voyons.

Bien à l'abri dans leurs bureaux, les administratifs d'Orcus ne se rendaient pas compte de la situation. Ils ignoraient tout des missions de terrain. Ce genre de demande l'illustrait parfaitement.

Raphaël saisit la tasse que lui tendait son frère et avala d'un trait le liquide brun et amer, en grimaçant. Il se renversa une demi-bouteille d'eau sur la tête pour finir de se réveiller, et il était prêt.

Fronçant les sourcils, il avisa à côté de lui le carton du drone, entrouvert.

— Tu as revérifié ce matin ?

— Oui. Quoi que ce soit, ça nous attend sagement.

— Parfait.

Raphaël chargea ses armes, prit son sac en bandoulière et s'enfonça dans la forêt à la suite de son frère.

Ils progressaient depuis près de deux heures. La pluie avait rendu le terrain glissant et la boue collait à ses rangers. Pourtant, la marche ne se révélait pas si fatigante, compte tenu du poids de leur arsenal. Il faut dire que le faible dénivelé, ainsi que la végétation rare et basse – principalement des fougères et de la bruyère – aidaient beaucoup.

Les chênes et les hêtres étiraient leur long cou dans une course au soleil impitoyable, formant un décor régulier semblable aux barreaux d'une prison. Raphaël regarda son frère. Le plafond vert sombre filtrait la lumière et dessinait une fine dentelle claire sur son visage hirsute. Il plissait les paupières, aux aguets. Ils approchaient maintenant du repaire de leur cible.

Quelques mètres plus loin, ils remarquèrent au sol et sur les arbres une mousse étrange, aux éclats d'or. Ils en prélevèrent un échantillon, au cas où. Au moins, les gars d'Orcus se montreraient satisfaits.

Plus ils avançaient, plus cette mousse se révélait envahissante, colonisant jusqu'au bois mort tombé à terre. Encore quelques pas et ils arrivèrent à la construction.

Entre les troncs se dessinait un vieux chalet vermoulu, pris dans cet insolite lichen jaunâtre.

Enfin, ils allaient rencontrer le monstre responsable de la mort – non, pire que cela – de Maxime.

PARTIE 2

Chassée

Ses premiers souvenirs se teintaient de jaune. Oh, pas n'importe quel jaune : presque vert. Tirant sur l'anis, une couleur brillante, éclatante, vibrante, chaleureuse. Comme un soleil, avec une pointe d'émeraude.

Bien sûr, il n'existait aucun mot pour la décrire vraiment, toutefois Chloé la gardait intacte dans son cœur. C'était la plus belle teinte. Elle procurait une sensation douillette, l'effet d'un cocon protecteur tapissé de coton doux dans lequel on voudrait se lover toute la vie.

Bébé, puis bambin, elle s'en était bercée, nourrie, repue. En grandissant, elle était restée son refuge.

Dans les bras de sa mère, elle le comprit très vite, la couleur se révélait plus vivante. Même en fermant ses yeux, elle pouvait sentir ce filament puissant, ondoyant, pulsant, ce cordon qui les reliait, chaud et rassurant. Toute cette énergie qu'elle recevait l'enivrait. Il s'avérait si facile de lui en envoyer tout autant, si naturel.

Si seulement il en avait été de même avec tout le monde... La vie se montrerait plus simple et plus agréable, non ? Pourquoi les gens s'entêtaient-ils ainsi à mélanger les couleurs ? Non seulement c'était moche, mais surtout douloureux.

Elle en avait sans doute croisé avant, pourtant ses premiers souvenirs des autres teintes remontaient à la maternelle.

Juste au moment de la rentrée, elle avait attrapé la varicelle ; de ce fait, elle n'avait pas pu commencer son année en même temps que la majorité des enfants. Elle arriva quinze jours plus tard, les bras et les joues encore criblés de mille petits cratères rosés, néanmoins totalement guérie. La maîtresse l'accueillit et la présenta aux élèves.

Chloé constata immédiatement sa différence. Sa peau tranchait, beaucoup plus foncée que la leur, marron sombre, soyeuse, avec des reflets noirs bleutés, comme son papa et sa maman. Or, là, dans la classe, l'épiderme des autres enfants était beaucoup plus clair. Pastel, beige, un peu rosé ou tirant sur le jaune – et le jaune, c'était une si belle teinte !

Chloé vit leurs yeux l'observer de bas en haut. Les premiers filaments jaillirent presque aussitôt, multicolores. Il y en avait tellement, qu'elle n'aurait su dire d'où provenait le premier rayon kaki qu'elle reçut. Immédiatement, elle sentit son cœur se serrer, se terrer comme s'il cherchait à s'enfouir dans une tanière, lui coupant le souffle. D'autres la percutèrent, lui arrachant un cri : ils tordaient le ventre et donnaient la nausée. C'étaient les mauves avec des reflets rubis. En baissant la tête, elle constata qu'elle-même envoyait des filaments d'un vert terne et foncé de toutes parts.

Désemparée, elle recula contre le mur, les bras croisés sur sa petite poitrine dans une tentative illusoire de se protéger de tous ces filaments, et se mit à pleurer. La maîtresse s'accroupit devant elle, lui prit les mains dans les siennes et lui chuchota des mots rassurants. Pour seul résultat, de nouveaux cordons de cette même teinte, qui formaient une boule grouillante derrière son nombril et dans sa gorge, l'atteignirent.

Chloé se mit à tousser, se recroquevilla et pleura, cria. Les autres enfants restaient immobiles, se contentant de lui envoyer leurs couleurs. Les quelques liens jaune pâle et émeraude qu'elle reçut ne suffirent pas à l'apaiser, et Maîtresse se trouva contrainte d'appeler Maman pour qu'elle vienne la chercher. Elle se baigna avec soulagement dans le flux vert-soleil quand celle-ci arriva enfin.

Les tentatives suivantes pour la faire scolariser en maternelle ne se virent pas plus couronnées de succès. Chloé ne rejoignit finalement les autres enfants qu'en primaire. Toutefois, entre temps, elle avait assimilé quelque chose qui pouvait la sauver, dans les jardins de jeux où Maman l'emmenait, malgré ses supplications.

Elle l'avait appris avec Aaron, un petit garçon de son âge, qu'elle retrouvait souvent là-bas. Au début, lui aussi lui envoyait des filaments kaki bleutés, et l'inconfort obligeait Chloé à rester vers Maman pour le supporter. Cependant, en regardant plus attentivement, Chloé s'aperçut un jour que le garçon ne recevait pas de cordon vert-soleil. Il en réceptionnait quelques jaunes pâles, des orangés, des verts pâles, mais pas de vrai soleil teinté de jade comme ceux qu'elle échangeait avec sa maman. De son côté, le flux qu'elle produisait pour lui demeurait également bleu cobalt. Ce n'était pas la bonne couleur.

Comment réussissait-il à encaisser tous ces mélanges ? Peut-être ne connaissait-il pas les liens vert-jaune ? Et si c'était le cas, peut-être ne savait-il pas comment en envoyer, lui aussi ?

Elle s'avança un peu – les filaments se montraient plus forts lorsqu'on se tenait proche – et malgré les tambourinements lancinants dans sa poitrine, lui destina son plus beau soleil. Il lui fallut quelques minutes, à tenir bon ainsi, baignant dans le kaki bleuté… Pourtant, au bout d'un moment, le cordon projeté par le garçon changea. Il devint jaune pâle, comme une caresse légère.

Les jours suivants, l'or s'intensifia et Chloé comprit ainsi qu'elle pouvait, avec beaucoup de volonté et de persévérance, modifier la couleur des liens qui l'atteignaient.

Elle joua régulièrement avec Aaron, surtout au ballon, et ces échanges la ravissaient. Aussi, elle aborda un peu plus sereinement sa rentrée en primaire. Maman lui affirmait qu'elle pourrait également jouer au ballon dans la cour pendant la récré.

Chloé se montra très courageuse pour ce premier jour en CP. Il faut dire que les filaments, encore très timides, se révélaient plus pâles que ceux reçus en maternelle, plus supportables. Et puis Aaron se trouvait dans la même classe qu'elle, et cela l'aidait beaucoup.

Elle s'assit à côté de lui, accrocha son cartable vert orné d'un gros soleil souriant au crochet sur le côté du pupitre, sortit sa trousse qui sentait bon le neuf et la maîtresse commença le cours.

Chloé savait presque lire, déjà. Elle avait appris toute seule, quand Maman lui racontait des histoires en suivant les mots avec les doigts. Elle leva la main souvent pour répondre aux questions. Cependant, au fur et à mesure qu'elle levait la main, les filaments qu'elle recevait devenaient plus forts. Lorsqu'elle le comprit, elle cessa et se contenta d'écouter.

Pendant la récré, elle chercha à rejoindre Aaron, mais il jouait déjà avec d'autres garçons au ballon. Une petite fille s'avança vers elle, avec un joli filament jaune presque affirmé. Elle sourit. Une nouvelle amitié naissait.

Quelques jours après, Emma bavardait régulièrement avec elle. Chloé apprit qu'elle aimait les chevaux, que le mauve demeurait sa couleur préférée et que plus tard elle voudrait devenir médecin, comme sa maman. Les semaines suivantes, elles sautèrent à la corde ou jouèrent à la marelle ensemble, toutefois Chloé ne pouvait s'empêcher de regarder Aaron avec envie.

N'y tenant plus, elle proposa à son amie :

— Ça te dit qu'on aille jouer au ballon avec les garçons ?

Emma ouvrit des yeux ronds et lui envoya du bleu clair qui la fit sursauter.

Surprise.

— On ne peut pas jouer au foot, le foot c'est pour les garçons !

— Mais non, c'est pas vrai, je jouais souvent avec Aaron au parc ! On peut leur demander.

Joignant le geste à la parole, elle se leva, lissa la jolie robe jaune que Maman lui avait achetée et s'avança vers le terrain, sous le regard toujours étonné d'Emma.

— On peut venir, nous aussi ? leur cria-t-elle avec les mains en porte-voix.

Immédiatement, des filaments rougeoyants lui parvinrent, brûlants d'indignation, presque de colère. Elle ne put retenir un glapissement.

— T'es une fille ! Les filles, ça ne sait pas jouer au foot !

Elle battit très rapidement en retraite. Emma l'accueillit d'un « tu vois ! ».

Quelques semaines s'écoulèrent et Chloé éprouvait de plus en plus de mal à rester concentrée en cours. Les filaments qu'elle recevait s'accentuaient, et malgré toute l'énergie qu'elle y mettait, elle ne parvenait pas à leur faire changer de couleur si facilement.

Après l'école, quand Maman venait la chercher, elle se sentait très fatiguée et pleurait parfois. Elle savait que Papa et elle discutaient à son sujet en violet – tristesse – et en vert terne – peur. Cela la peinait ; que pouvait-elle y faire ? Pourtant, elle faisait de son mieux.

Le mercredi suivant, Maman l'emmena chez un docteur de l'esprit, comme elle lui expliqua : un psy. Elle aurait voulu que Papa vienne aussi, mais Papa se montrait toujours trop occupé pour l'accompagner : son travail lui prenait beaucoup de temps.

Le psy lui fit passer une série de tests et lui demanda de parler de ce qui l'embêtait à l'école. Il avait l'air gentil et ne produisait pas de couleur qui faisait mal, alors Chloé lui raconta tout. Pourquoi les filles ne pouvaient-elles que jouer dans un petit coin de la cour, tandis que les garçons s'attribuaient toute la place et gardaient le ballon pour eux ?

Pourquoi les garçons envoyaient-ils des filaments rouges de colère ou mauve rubis de mépris aux filles qui voulaient faire comme eux ?

Il lui posa d'autres questions sur les liens. Au bout d'un moment, Chloé comprit qu'il ne les voyait pas. Pire : Maman et Papa non plus, personne ne devinait ces filaments qui les reliaient entre eux. Son cœur s'affola. Comment cela se faisait-il ?

Le docteur dit à Maman qu'il savait ce qu'elle avait. Il affirma qu'elle était un zèbre. Un enfant dont le cerveau ne fonctionnait pas comme celui des autres.

Maman en avait souri aux anges. Peut-être que cette maladie pouvait se guérir ?

— Ce n'est pas si séduisant qu'il y paraît, madame. Voyez-vous, ces enfants au haut potentiel peuvent rencontrer des problèmes d'hypersensibilité. Je pense que c'est ce dont souffre votre fille. Au passage, elle a un langage très développé et imagé pour décrire ce qu'elle ressent, elle a de l'imagination. Mais cette hypersensibilité peut la conduire à très mal vivre des situations qui, pour vous et moi, ne resteraient que des anecdotes.

Maman en conclut que Chloé était fragile et qu'il fallait la protéger. Elle en parla à la maîtresse. Chloé, elle, retint que quelque chose de plus clochait chez elle. Zèbre et noire de peau, cela faisait beaucoup.

Les semaines défilèrent, et Chloé s'effaçait de plus en plus, dans l'espoir de ne plus recevoir de filaments. Elle n'arrivait plus à produire de jolis soleils comme elle savait si bien le faire avant.

Un jour, la douleur provoquée par la couleur de mépris que Lorenz lui envoyait tout le temps se révéla tellement insupportable que Chloé tira sur le lien, comme par réflexe. À sa surprise, celui-ci se détacha de Lorenz et vint s'engloutir en elle.

Passée la nausée désagréable qui la saisit, elle s'aperçut que le garçon se détournait d'elle et ne lui prêtait plus attention.

C'était reposant.

Il ne paraissait pas s'en soucier et continuait d'échanger divers cordons avec les autres enfants. Cette absence de relation avec elle ne semblait pas le déranger, ni le faire souffrir.

Elle détenait sa solution !

Alors, un à un, elle décrocha les filaments qui la reliaient aux autres et n'étaient pas jaunes, oranges-pastels ou verts clairs, les seuls supportables. Oh, pas tous d'un coup, elle ne pouvait pas. Chaque fois qu'elle en absorbait un, son cœur cognait trop fort, son ventre se tordait, sa tête la brûlait... L'expérience s'avérait extrêmement désagréable quand les cordons disparaissaient en elle et il lui fallait au moins un jour pour se remettre de l'épreuve. Néanmoins, c'était le prix à payer pour la tranquillité.

Au fur et à mesure qu'elle sectionnait les liens et qu'ils s'engloutissaient en elle, elle s'aperçut que son corps changeait. Sa peau de soie se tendait, son ventre, ses bras et jambes gonflaient, formant peu à peu comme un habit trop grand autour d'elle.

Ce n'était pas important. L'important, c'est qu'elle apaisait ainsi ses tourments.

Au bout de deux mois, elle ne se reliait plus qu'aux personnes qui envoyaient des couleurs inoffensives. Chloé respirait de nouveau et reprenait le chemin de l'école le cœur léger. Tout ce qui lui restait à faire, c'était de ne plus susciter de nouveaux filaments de la part de ces enfants et de demeurer invisible à leurs yeux. Comme si elle n'existait plus. Toutefois, elle conservait ses beaux liens jaunes teintés d'émeraude, notamment avec Emma et Aaron.

Les années suivantes, elle procéda de la même manière, enflant un peu plus au fur et à mesure. Chaque année la difficulté s'accentuait, car elle devenait encore plus différente. Sa peau craquait et se marbrait. Zèbre, noire et grosse. Les liens rouges bleutés se révélaient de plus en plus vifs et difficiles à couper. Pourtant, quand son corps perdait en mobilité, son agilité avec les cordons se décuplait.

À l'entrée au lycée, Chloé s'affichait cliniquement « obèse morbide ». L'adjectif, passée la surprise, l'avait fait sourire, comme s'il comportait une promesse.

En tout, elle s'appliquait à rester insignifiante ; notes moyennes, mode vestimentaire de fille passe-partout... Cependant, s'il était un point sur lequel elle dépassait tous les quotas et qui ne lui permettait pas d'éviter tous ces filaments de mépris, c'était bien sa corpulence.

Toutefois, son corps encombrant et adipeux n'empêchait pas ces nouveaux filaments orange vif et luisants de l'atteindre régulièrement.

Elle les appelait les libidineux. Ils visaient principalement sa poitrine, opulente, ou son fessier, volumineux. Ils donnaient l'impression de glisser dans une mare de limaces dégoûtantes et visqueuses. Bon sang, ce qu'elle pouvait les détester, ceux-là ! Elle se dépêchait de les engloutir, dès qu'elle les voyait s'avancer vers elle. Bien sûr, cela n'arrangeait pas son physique, seulement au point où elle en était... Mieux valait cela que de se sentir salie par ces liens, car c'était la sensation qu'ils procuraient.

Elle ne comprenait pas. Comment les hommes – à de très rares exceptions, ils venaient surtout des hommes – pouvaient-ils jeter, sans retenue ni considération pour les êtres humains devant eux, de tels liens ? C'était dégradant ! Elle prenait soin de ne plus envoyer de filaments à quiconque, pour ne pas susciter leur attention ; pourtant les couleurs du mépris et de la colère bouillonnaient en elle.

Et puis un jour, la stupéfaction.

Bastien étudiait dans la même première qu'elle. La fin de l'année approchait, et avec elle la perspective du bac de français. Elle savait qu'il n'était pas très bon, peut-être que l'année suivante il ne partagerait pas sa classe, s'il ratait son examen. Elle s'en trouvait chagrinée.

Bastien portait sur son visage un espoir d'allégresse. Ses yeux scintillaient d'un éclat vert clair. En filament, le jade lumineux demeurait synonyme d'acceptation et de confiance, la même nuance qui, mélangée avec le jaune brillant de la joie et du bonheur, donnait cette merveilleuse teinte vert-soleil. Couleur amour. Chloé y voyait un encouragement.

À ses côtés, elle trouvait particulièrement compliqué de ne pas envoyer de cordon. Malgré elle, un petit lien anis sortait régulièrement de son cœur pour se tendre vers lui. Elle avait toutes les peines du monde à le contenir, à le ravaler. À ces moments, l'expression de sa mère, qui disait qu'elle mangeait ses émotions, semblait on ne peut plus juste.

Ce jour-là, le professeur de français était absent. Les autres élèves, en apprenant la nouvelle, se dispersèrent dans un brouhaha confus. Chloé resta en arrière pour ne pas se mêler à eux.

Quand le silence retomba, Chloé remarqua que Bastien, lui non plus, n'était pas parti. Bastien et son manteau de cuir, son eau de toilette ambrée et son sac bleu marine avec un autocollant *Death Note* à moitié arraché. Bastien et ses yeux verts.

Assis dans le couloir, adossé au mur beige dont la peinture s'écaillait avec le temps, il avait sorti son carnet à croquis. C'était un artiste. De ses doigts pouvaient naître des animaux fantastiques bluffants de réalisme ; dans leurs regards crayonnés de noir, on pouvait presque lire l'étincelle de la vie.

Ils ne se trouvaient plus que tous les deux. Chloé sentait un nouveau lien s'élever de sa poitrine pour venir à la rencontre de Bastien.

Et si jamais ?

Elle décida de le laisser faire, pour voir.

— Tu dessines drôlement bien, dis-donc.

Il leva la tête et sembla étonné de sa présence. Évidemment qu'il ne l'avait pas remarquée, Chloé avait bien fait son travail !

— Merci, répondit-il simplement.

— J'aime bien les ombres que tu fais, vers les yeux. On dirait qu'ils sont vivants.

Nouveau regard d'eau. Un lien timide, mais jaune, commença à venir vers elle. Chloé exulta.

— Le regard, je trouve que c'est ce qu'il y a de plus important. C'est ça qui fait toute la différence dans les dessins, même pour des animaux imaginés.

Chloé hocha la tête. Elle ne savait pas quoi ajouter. Après quelques minutes de silence embarrassant, elle se jeta à l'eau :

— Ça te dit qu'on aille boire un café au Repaire, pendant l'heure de perm' ? Tu serais mieux installé.

Le Repaire, bar situé à la sortie du lycée, constituait le point de rendez-vous de tous les étudiants cool. Chloé n'y avait jamais mis les pieds, pourtant.

À ces mots, Bastien leva à nouveau la tête vers elle, et Chloé sentit que quelque chose se passait mal. Avec horreur, elle réalisa que le filament qu'elle lui envoyait devenait orange luisant.

Comment pouvait-elle produire cela, elle ? Un libidineux !

En retour, la couleur qu'elle reçut la projeta contre le mur opposé, lui bloquant le souffle. Ses entrailles se tordirent violemment dans son ventre et mille serpents rampèrent dans sa gorge pour l'étouffer. Elle ne parvint pas à crier ; elle vomit. Un voile noir commença à obscurcir son regard. Dans un dernier réflexe, elle tira fort, très fort, trop fort sur le cordon.

Les taches qui dansaient devant ses yeux disparurent en même temps que la douleur. Ce rouge violet, sombre et mat. Ce n'était même plus du mépris, c'était au-delà… Du dégoût. Elle l'avait dégoûté !

Une eau salée voila sa vision, qu'elle essuya d'un geste rageur. Face à elle, Bastien se tenait debout. Il avait laissé tomber calepin et crayon et fixait un point invisible, droit devant. Il ne semblait pas prêter attention à elle, ni à la flaque de vomi jaunâtre à ses pieds d'où ressortaient quelques coquillettes mal digérées et qui exhalait une odeur aigre.

Chloé le regarda dans les yeux et son estomac se souleva une fois de plus.

L'éclat de vie qui l'animait avait disparu.

— Bastien ?

Il ne lui répondit pas. Aucune réaction.

L'horreur envahit Chloé. Ne supportant plus la situation, elle s'éloigna rapidement.

Est-ce que j'ai tiré trop fort ?

Elle s'enfuyait… De la scène de crime ?

Que lui ai-je fait ?

Elle se retrouva dans son refuge habituel aux relents ammoniaqués : les toilettes des filles. Dans son ventre, elle ressentait toujours le dégoût éprouvé par Bastien. Et quelque chose d'autre…

Que faire ?

Elle leva la tête vers le miroir. Ses yeux brouillés par les larmes contemplaient la vérité en face. Ses joues, si grosses qu'elles camouflaient son regard. Son menton, souligné par une poche de gras qui pendait sur son cou en plis rebondis. Ses bras, dont les articulations ne pouvaient même plus se lire. Son corps, océan de vagues adipeuses et de bourrelets que ses jambes ne déplaçaient plus qu'avec peine.

Elle devait se rendre à l'évidence. Sa mère elle-même, souvent, n'envoyait plus de vert-soleil, mais un bleu sombre et terne, synonyme de tristesse, lorsqu'elle contemplait sa fille.

Un monstre. Voilà ce qu'elle était.

Une abomination répugnante qui venait de…

Quel sort avait-elle fait subir à Bastien ?

Elle devinait dans ses veines et dans son corps une nouvelle énergie qui n'était pas la sienne, elle le savait. Sa peau craquait et s'étirait davantage encore, emplie de la vie d'un autre.

Elle ne devait plus jamais croiser qui que ce soit. Plus jamais ! Elle était une insulte ambulante à quiconque posait le regard sur elle, et surtout, elle s'avérait dangereuse.

Les couleurs bouillonnaient en elle ; rouge violacé, bleu cobalt et vert terne prononcé. Une symphonie d'émotions à peine supportable.

Elle devait partir. S'effacer pour de bon.

Elle prit le bus. Elle marcha. Beaucoup. Ses genoux protestaient contre cet exercice auquel ils n'étaient plus habitués, et parfois Chloé se demandait s'ils n'allaient pas simplement se casser dans un claquement affreux et la laisser là, limace grotesque et impuissante. Cependant, ils tinrent bon.

La forêt.

Petite, sa maman l'emmenait souvent se promener dans la forêt de Tronçais. On n'y rencontrait que peu de gens, et Chloé s'y sentait à l'aise. Elle aimait ces grands arbres vieux de plusieurs siècles qui se penchaient sur elle, sans sembler lui accorder le moindre intérêt.

Elle ne sut pas vraiment comment elle finit par se retrouver dans cette immense cathédrale végétale. Elle comprenait instinctivement qu'ici prendrait fin sa vie, et avec elle toutes ses souffrances. Alors, plus de différence. Un corps décomposé et nourrissant la nature restait un corps décomposé. Noir, blanc, fille, garçon, monstre ; plus aucun avantage de naissance, plus de favoritisme, plus de malédiction non plus. L'égalité par l'asticot.

Elle s'enfonça entre les arbres et les buissons, au hasard. Perdue dans son monde multicolore et terrifiant, le décor alentour disparaissait. Quand son souffle ne lui permit plus d'avancer, elle se laissa glisser au sol, les yeux fermés, ne prêtant pas attention aux griffures provoquées par les branchages ni à ses jambes tétanisées. Son sang bouillonnait dans ses oreilles.

Le vide qu'elle ressentait lui faisait tourner la tête. Isolée, elle était habituée à l'être. Pourtant, elle ne s'était jamais sentie aussi mal, malgré l'absence de filaments. Comment peut-on supporter de rester seul avec soi-même quand soi-même se révèle un monstre ?

Elle ne sut combien de temps elle demeura dans cette position. Cependant, au bout d'un moment, un changement se produisit.

Une brise légère lui caressa la joue. Des chatouillis sur son bras lui firent ouvrir les yeux : une fourmi. Le feuillage murmurait, les oiseaux pépiaient et non loin entre les rochers le timbre clair d'un petit ruisseau qui se trémoussait s'élevait.

« Ressens », semblaient-ils lui dire. « Tu n'es pas seule ».

Aucun filament ne l'atteignait, ici ; pourtant, c'était vrai. Elle ne se trouvait pas seule. Un froissement ténu lui fit tourner les yeux à sa droite. De sous une feuille émergea un carabe mordoré dont la carapace luisait faiblement sous la lumière du jour. Il remua ses mandibules et entreprit l'escalade d'une branche morte.

Non seulement elle n'était pas seule, mais on l'acceptait. Aucun jugement, dans la nature. Juste la vie, dans toute sa diversité, toute sa singularité, toutes ses teintes, toute sa force. Elle respira profondément. L'odeur humide de la terre envahit ses narines, apaisante. Peut-être, finalement, allait-elle pouvoir poursuivre son existence, ici. Loin de tout lien, elle ne pouvait pas faire de mal.

Elle leva la tête. Devant elle, une vieille construction en pierres et bois se dressait, brinquebalante, à moitié effondrée. Sur le côté, un arbre absorbait une partie du mur. Cette cabane éclopée et difforme lui ressemblait.

Chloé se releva avec difficulté et pénétra dans l'abri. Le sol en terre battue avait laissé éclore des fleurs blanches. Elle s'assit contre le tronc qui transperçait la cloison et posa sa tête contre lui. De la main, elle parcourut les racines fraîches et rugueuses qui ressortaient à côté d'elle.

Voici ma nouvelle famille.

Finalement, elle appartenait bien à quelque chose.

Elle avait lu quelque part que les atomes dont nous étions constitués venaient tous de la même soupe de matière à l'origine de la création de l'univers. Pourquoi la différence faisait-elle autant souffrir, alors que nous étions tous fabriqués avec des éléments identiques ? Quelle absurdité !

Elle savait également que les atomes de notre corps se renouvelaient sans arrêt, et que les électrons qui composaient un instant un atome de notre ongle de pouce pouvaient l'instant d'après se retrouver collés sur une aile de mouche ou sur un roseau à plusieurs centaines de kilomètres. Nous étions tous interchangeables et interchangés. La vie.

Sur sa paume, elle ressentait les irrégularités de l'écorce. Soudain, une vibration lui parcourut le bras jusqu'au cœur. Sans filament, l'arbre essayait d'entrer en contact avec elle. Peut-être pouvait-elle faire comme avec Aaron, quand elle était petite ?

Les couleurs, elle voulait les oublier. Toutes. Sauf son anis, couleur tendre comme les pousses ingénues qu'elle voyait partir à ses pieds.

Elle ferma les paupières. Si la forêt lui offrait un abri, elle pouvait partager avec elle son plus fabuleux trésor. Elle puisa dans ses souvenirs heureux, dans ses instants d'amour partagés avec sa mère. Dans sa tête, quelque chose s'éveilla. Elle se noya dans son bonheur passé, s'enivra de ces émotions, refusant de laisser s'échapper cette sensation. Autour d'elle, une aura vert-soleil grandissait, projetant des filaments sans trouver prise. Sur l'arbre, ils achoppaient comme sur une surface trop lisse et sans accroche. Pourtant, une mousse de la même couleur apparut sur l'écorce du vieux chêne.

La nuit tomba. Elle n'avait pas faim. La vie qu'elle avait absorbée lui suffisait, lui souffla une petite voix désagréable. Elle l'ignora ; la présence en elle s'affirmait encore et démentait cette accusation.

Le soleil se leva, puis se coucha, plusieurs fois, sans qu'elle en tienne le compte. À la façon d'une droguée, elle vivait en anis, s'accrochant à cette couleur comme à une bouée, voulant à tout prix donner à l'arbre, sa nouvelle famille, un aperçu de cette beauté. Plus elle se concentrait, plus le vert-soleil s'intensifiait et plus l'entité étrangère en elle se ravivait. Le tronc, lui, tentait de nouer une relation avec elle au travers de ses vibrations, de plus en plus fortes.

Un jour, un de ses filaments se prit dans la mousse qui poussait et envahissait à présent tout l'intérieur de la cabane ainsi que le chêne.

Alors, elle sentit sa présence. Calme, quiétude, existence paisible. Elle comprit l'arbre. Il se révélait si… différent. Il n'éprouvait rien, mais il était là. Pas ami, pas ennemi pour autant. Il n'entendait pas le langage de ses émotions.

Elle lui offrit du vert-soleil.

Il s'anima : une naissance.

Le cordon, puissant, s'épanouit en une large corolle. Elle le sentit s'enraciner en elle. Petit à petit, comme des bourgeons timides, de nouveaux filaments germaient et s'enroulaient autour d'eux, formant une magnifique inflorescence anis.

Au fond de son esprit, Chloé entendit sa voix. Bastien. Comme elle le suspectait ces derniers temps, il n'avait pas disparu. Cette essence inconnue qu'elle sentait grandir au fond d'elle… C'était lui ! Il subissait la même transformation. Baignée dans le vert-soleil, son âme apaisée s'entremêlait avec celle de Chloé et s'attachait à la végétation ambiante. Ensemble, ils formaient un nouvel être. Des pensées ondoyaient à l'unisson.

Non, pas des pensées… Des émotions.

Les jours défilèrent. Chloé disparaissait petit à petit, se fondant dans un ensemble multiple. Elle ne se voyait plus, ne discernait plus son corps, mais pouvait embrasser la fraîcheur du vent, entendre les chants des oiseaux et se remplir de l'eau qui infiltrait la terre. La vie pulsait dans ses veines et au travers de sa sève, elle croissait en communiquant aux arbres alentour qui puisaient en elle une force différente. Elle échangeait avec ce grand tout, cette vie qui grouillait et mourait à ses pieds pour se transformer en autre chose, ces esprits restés sur place après leur trépas. Le nouvel organisme qu'elle formait avec eux aussi, un jour, se changerait en terreau. Pour l'heure, il enfantait. Il répandait le vert-soleil comme un champignon ses spores, animait la végétation.

Dans cette énergie végétale et humaine se mêlaient les émotions de Chloé, celles de Bastien qui persistaient toujours et la sagesse séculaire des arbres. Ensemble, ils construisaient une autre existence, en vert-soleil. Un monde débarrassé des mauvaises agitations.

Quand trois jeunes gens s'aventurèrent sur leur terrain et les découvrirent, leur jetant désespérément des filaments bleu canard d'une peur agressive, ils n'eurent pas à faire beaucoup d'effort pour avaler leur terreur et engloutir leur force pour la métamorphoser, les emmenant avec eux dans leur univers anis, leur paradis. Leur puissance s'amplifiait, et les émotions des nouveaux venus, une fois teintées, leur offrirent une nouvelle vigueur.

Il en fut de même lorsque, quelques jours plus tard, un quatrième homme, ivre de peur et de colère, armé jusqu'aux dents, vint chercher rédemption sur leur territoire. À l'image des autres, son impulsivité fut mélangée à cette formidable connexion entre les plantes et les Hommes qu'ils créaient, baignant dans le vert-soleil.

Leur mousse grignotait peu à peu les futaies alentour, les entraînant dans leur tourbillon d'amour. Plus rien ne semblait pouvoir arrêter ce pluriel hétéroclite.

Les ondes répercutées par le sol indiquaient que deux nouvelles personnes se trouvaient sur le point de les rejoindre. Leurs filaments brûlants et angoissants se montraient vigoureux. Bientôt, ils allaient nourrir leur cycle de vie.

PARTIE 3

La rencontre

Le fusil épaulé, Raphaël progressait lentement et silencieusement. Plus ils approchaient, plus l'étrange odeur s'intensifiait. Un mélange d'humus et d'azote, une senteur astringente, verte et terreuse à la fois. Autour d'eux, le lichen jaunâtre semblait frémir. Était-ce son esprit ou bien les feuilles murmuraient-elles ?

Oh non, ça y est, la bestiole commence à jouer avec mon cerveau !

Son dos posé contre l'écorce d'un arbre lui transmit une vibration. Il se retourna, affolé ; entre les troncs et les épineux, rien ne bougeait.

Je deviens parano.

Il regarda son frère. Celui-ci jetait des coups d'œil apeurés de toutes parts et sursautait. Jamais il ne l'avait vu dans cet état.

C'est l'endroit. Il est maudit !

Une goutte de sueur dévala son dos entre ses omoplates. Avec consternation, il s'aperçut que ses mains tremblaient.

Ils n'étaient pas seuls, il le sentait. Sans pouvoir se l'expliquer, il savait que...

— Maxime... murmura Cyril.

Oui, Maxime se trouvait alentour. Enfin, lui et plus tout à fait lui à la fois. Que se passait-il ? D'où lui venait cette conviction que son collègue se tenait là, présent, à ses côtés ? Qu'il cherchait à communiquer avec lui ?

Oh merde, un fantôme ?

Chaque fois qu'ils s'étaient trouvés confrontés à un revenant, les événements avaient tourné au vinaigre. Rares étaient les esprits qui restaient calmes et non violents. Le plus silencieusement possible, Raphaël chargea une cartouche de sel dans son fusil. Il mit un doigt sur ses lèvres et ébaucha un geste de la main à l'attention de son frère pour indiquer son intention. En silence, comme les deux chasseurs expérimentés qu'ils étaient, ils s'approchèrent de chaque côté de la fenêtre du refuge, entrouverte.

Quand il effleura la cabane, une pulsation se propagea jusqu'à lui. Ses pupilles se dilatèrent. L'univers se teinta d'une symphonie de jaune étincelant et de vert éclatant. Une couleur que Raphaël n'avait jamais vue, indescriptible, miraculeuse. Elle vibrait autour de lui, comme un voile vivant et amical. Une chaleur réconfortante rampa du plus profond de ses entrailles pour l'envahir complètement.

Hébété, Raphaël laissa tomber son arme. On l'appelait. Il devait les rejoindre. Oublier cette solitude amère pour se fondre dans l'énergie multiforme qu'il apercevait, qui acceptait de l'accueillir. Abandonner cette vie de violences et de luttes acharnées pour s'ouvrir à une autre existence.

Devant lui, un amalgame monstrueux de fibres végétales et humaines pulsait, informe. Ses excroissances se tendaient vers eux. Raphaël ne connaissait plus la peur. Une à une, ses réticences s'envolèrent, ne laissant la place qu'à ce vert-soleil réconfortant.

De l'amour !

Le corps de Cyril vacilla un instant. Raphaël contempla, indifférent, un souffle anis partir de la bouche de son frère pour rejoindre la créature. Vidée de sa substance, l'enveloppe de Cyril repartit dans une direction aléatoire.

Raphaël se sentait plus léger. Son être s'élevait. Quelques secondes à peine lui suffirent pour s'évaporer et se fondre à son tour dans le vert-soleil.

Note de l'auteur

En premier lieu, je tiens à vous remercier pour votre lecture. Être lu reste l'objectif principal de chaque auteur, et j'espère que vous avez apprécié le temps que vous avez passé en compagnie de Raphaël, Cyril et Chloé. Petit clin d'œil et remerciements aussi à mes bêta-lectrices : Maryse Kekenbosch, Anaïs Wimetz et Elodie Papelard.

Je vous serais très reconnaissante (vraiment !), si vous avez apprécié cet ouvrage, de bien vouloir laisser un commentaire sous la page produit d'Amazon. Votre commentaire aidera cette histoire à trouver de nouveaux lecteurs !

Vous pouvez également me joindre sur mon site d'auteur : https://sealeha.fr/. N'hésitez pas à y faire un tour, vous pourrez y retrouver mes actualités et quelques textes gratuits (plus encore si vous décidez de vous abonner à ma newsletter). Vous pourrez aussi me contacter par ce biais si vous souhaitez me faire part de vos commentaires.

Par ailleurs, même si cette nouvelle a fait l'objet de nombreuses relectures, il est tout à fait possible qu'il reste des coquilles. Si vous en repérez, je vous remercie de m'en avertir afin que je puisse les corriger.

Encore merci et à bientôt pour de nouvelles lectures !

Du même auteur

Chasseurs d'Anima (thriller fantastique, urban fantasy) :
- Apparences (tome 1) – 2023
- Déchéances (tome 2) – 2024
- Pénitences (tome 3) – 2024

Brigades du Réveil (dystopie, science-fiction, cyberpunk) :
- Onyx (tome 1) – 2021
- Paradis Artificiel (nouvelle associée) – 2021
- Projet ANT (tome 2) – 2021
- Fake News (nouvelle associée) – 2022
- Genesix (tome 3) – 2022

Thriller fantastique / horreur :
- Le Portail – 2020
- Vert-Soleil (nouvelle) – 2021
- Hôtel Majestic – 2023

Pour retrouver l'ensemble des titres de Sealeha, flashez le QR code ci-dessous :